毛のない生活

hairless life
miruko yamaguchi

山口ミルコ

ミシマ社

0 無職になって

自分の人生に「会社を辞める」という事態が訪れるとは思っていなかった。
会社が大好きだった。
仕事が大好きだった。
それなのに辞めた。
なぜ辞めたか。
私は絶望した。
あのときの絶望がなんだったのか。
辞めてだいぶたったいまも、よくわからない。
もう少しでわかりそうな気もするし、死ぬときまでわからない気もする。
ただそれは、わかろうとしていないからわからないのだということは、ある。

直視できないのである。

直視すれば全身がバラバラに壊れてしまいそうだった。

辞表を出してひと月後、ガンを宣告された。

私が叫び出す前に、からだの方が悲鳴を上げた。

そうして私は、あの絶望がなんだったのか、よく見ないままに、闘病生活に入ったのである。

私は幻冬舎という出版社で編集の仕事をしていた。

まる十五年、幻冬舎にいた。

書籍や雑誌を作ったり、その宣伝活動をしたり、文章やコピーを書いたり、本にまつわるさまざまなことをやっていた。

ものを作る仕事にかぎらず、サービス業でもなんでも、会社が好きで、そこでの仕事を頑張ってきた人が会社を辞めようとするそのときには、誰しも同じ理由、同じ気持ちなんではないかなと思う。

「きみ、もういいから」

じっさい言われてなかったとしても、本人がそう受け取ってしまったとき、事は起こる。


無職に私はすぐに慣れた。

むしろ無職はすがすがしかったが、何者でもないという立場は、不便でもあった。

私は、お母さんでも奥さんでもない、働いてない中年の女のヒトである。

「あなた誰ですか？」

わりと世間は容赦《ようしゃ》なくたずねてくる。

私は幻冬舎を辞めたからには、もう自分では編集者だと名乗ってはいけない気がした。

辞めたあともいくつか編集の仕事はしているのだが、自分のなかで、編集者の私は「幻冬舎の山口ミルコ」であったし、その人生には区切りをつけたのだから。


退社後新しく電話を買おうとしたことがある。

そのとき私は初めて無職の不利を世間から言い渡された。

企業は、何者でもない人に、物を売ってくれないことがあるのだ。

会社から名刺を持たせてもらい、肩書きまでいただいて、私は長くそういうものに守られていたんだなと思う。

もう、ない。

けれど今後も私は生きていかねばならぬ。

さて何屋さんとして後半生を生きようか。

小さなことでも、自分にできることをコツコツ積み重ねていく日々は、目立たないが充実している。
○○屋さんとして、もっと世の中のお役に立てるに越したことはないが、大事なのは、本人の生の実感だろう。
出版社を辞めて無職になってからも、付き合いのあった作家さんや編集者の方が、ときどき本を送ってくださる。

その本を私は大切に扱っている。

現役の頃のように時間に追われて読むことはない。

本棚のいちばん上に並べておいて、ゆっくりと、気が向いたときに本をひらいている。


中山可穂さんの『小説を書く猫』を、少し前に「フィールラブ」の編集長・牧野さんからいただいた。

震災の後で、しばらく置いていた。置いていたが、この本はいい本だと思った。本の仕事を頑張っていたので、本が教えてくれるのである。

本の顔を見ると、わかってしまう。

そして、「時がきたら、わたしを読んでね」と本の発する声を聞く。

時がきたので、『小説を書く猫』を読み始めた。

作家未満の日々、文学賞受賞の日、恋人との別離……エッセイ一本一本が、じつに丁寧に書かれている。

決して明るくはない、けれどじわっと生きる喜びが込み上げてくる。

中山さんの小説のファンは私のまわりに多いが、現役時代にお付き合いはなかった。

彼女ほどのキャリアであるのに、これが初めてのエッセイ集だそうだが、それだけの重みを、この本は持っている。

読みながら、何年分ものエッセイからこの一冊を編み上げた牧野さんのことを考える。

編集者っていいな——そう思ったら、涙があふれてきた。

その編集者という仕事を、あの日私は自分から手放したのだった。

毛のない生活／目次

第3章 毛のない生活

第1章

会社を辞める

1
考えに考えぬいて

二〇〇九年一月十九日、私は会社に辞表を出した。

まる二十年、出版社の編集者としてつとめていた。

会社を愛し、作家と仲間を愛し、たくさんの本を作った。

平成が始まろうという頃に、私は谷村志穂さんの紹介で見城《けんじょう》徹《とおる》さんに会った。

十八歳だった私はビッグバンドでサックスを吹いていた。

いまではめずらしくないが、当時そんなことをしている女の子は少なかった。

大学二年の夏、山野ビッグバンドジャズコンテストに出場したとき、ジャズ研のＯＢの紹介で志穂さんに会い、親しくなった。

志穂さんに見込まれた私は、当時「月刊カドカワ」という雑誌の編集長だった見城さんところに行ったらどうかと、すすめられたのである。

見城さんの面接で訊かれたことは二つ。

好きな作家とミュージシャンは？

私は向田邦子とカウント・ベーシーだと答え、それに対して見城さんは、「きみ、古いね」と笑わずに言った。

そしてその場で、見城さんは原稿用紙に私の名前をヘタな字で大きく書き、「すぐ名刺を作るように」と言って秘書の早苗ちゃんに渡した。

あの日からこの日まで、私はずっと、見城さんのもとで仕事をしてきた。

角川書店で五年、その後見城さんが独立したので、ついていくことを決め、幻冬舎で十五年……。

偉大な編集者であり社長の、怖くて優しくて、もっとも近くて遠い存在だった見城さんのもとを離れることは私にとって、ほんとうに人生の一大イベントであったと思う。

辞表を出す前日までに私はすでにくたくたになっていた。

考えに考えぬいたからだ。

考えに考えぬく、というのは見城さんの好きな言葉で、考えに考えぬかないと社員は皆、叱られた。


一月十九日は、暦《こよみ》の上での、「てんしゃ」というよい日だった。

陽の高いうちに全力で退社の意志を見城さんに伝えた私は、もうフラフラだったが、じつはこの夜、もうひとつ、大切な用事を入れていた。

それは、ミシマ社の社長のミシマさんに会うというものだった。それも、「てんしゃ」という理由でこの日にしていた。

2　てんしゃの夜

ミシマ社との出会い。それは辞表の少し前にさかのぼる。

二〇〇八年秋、東京・水道橋。聖地・後楽園ホール。

香山リカさんがみちのくプロレスに誘ってくれた。

『鬱《うつ》の力』という本で、一緒に編集を担当した幻冬舎の小木田順子さんと試合を見た。

十年ほどのブランクがあったが、私はプロレスの見方を忘れていなかった。

その昔、「月カド」の先輩がプロレス好きで、一緒に会場に足を運び、毎週「週プロ」と「ゴング」とビデオを買って試合をおさらいし……を、ある時期よくやったおかげで、技を味わう力というものが、自分のなかにまだ残っていたらしい。

休憩時間にトイレへ。

聖地の狭い通路は、パンフやグッズ売りの若いレスラーやスタッフ、そこに群がるお客さんたちで、「むんむん」とした熱気に包まれていた。

そんな暑苦しい人々のなかに、ひときわ涼しい、ひとつの集団を見つけた。

おそろいのTシャツを着た五、六人が、物販コーナーで本を売っていたのである。

本をもつ手を高く掲げて、元気に声を出す彼ら。

おそろいのTシャツには、「ミシマ」と、やや頼りない文字で描かれている。

本はプロレスライターの斎藤文彦さんのコラム集で、版元の社員のようだ。

彼らはとても感じがよい。

私もかつてタレントさんやミュージシャンの本の、ライブ会場販売をよくやったものだ。

作った本をお客さんに手渡すのは本当に嬉しい。その興奮が伝わってくる。

仕事が楽しくてしょうがないというふうな彼らを目前にして、退社を考えていた私のなかに、さまざまな思いがこみ上げた。

ミシマ社の姿がいかに私の胸を打ち抜いたかを、帰りぎわ私は小木田さんに熱く語った。

勉強不足の私はミシマ社を知らなかったのだが、業界で注目の、自由が丘の小さな出版社であるらしかった。

社長のミシマさんはプロレス会場にはいなかったが、三十一歳の若さでミシマ社を立ち上げ、起業三年目に入るところであるという。

小木田さんは、ミシマさんが独立する前の会社の先輩で、ミシマさんとすでに親しかった。

「ミルコさんの心にミシマ社がそんなにひびいたなんて……」と小木田さんは楽しそうに笑いながら、じゃあミシマさんをこんどちゃんと紹介しますねーと約束してくれた。

小木田さんは約束を守ってくれた。

辞表を出した夜、私はミシマさんに会えた。

ミシマ社を訪問し、そのあと自由が丘駅前の居酒屋「かねだ」で、ちょっとお酒を飲んだ。

ミシマさんはすごい巨体であるとか極端に小柄だったりということはなく、ふつうにちゃんとした若い男子だった。髪と眉がくきりと黒い。

謙虚だが迫力があった。ミシマさんは、私の友だちの誰にも似ていなかった。まったく新しいタイプの人物との出会いといえた。


しばらくして、小さなパーティをやるので来ませんか？　というお誘いを受けた私は、古い木造一軒家のミシマ社を再び訪れる。

一階の仕事場兼居間に、社員七人と、数人の仕事仲間がいらした。

机にはお寿司のほかに、手づくりのお惣菜《そうざい》やらお菓子やらが並べられ、それらをつまみながらただおしゃべりをするというものだったのだが、会はとてもあたたかだった。

ミシマ社の面々は、私がプロレス会場で見抜いたとおり、いっしょうけんめいで、創造力とやる気にあふれていた。

そしてミシマ社には、きれいなエネルギーが流れていた。このメンバーが集まると虹《にじ》ができるような。

そうした彼らの姿は、私に幻冬舎という会社が始まった頃のことを思い出させた。二度と戻ることのない時間だが、私の宝物だ。

第2章

ガンかもしれない

3　コアラの夢をみた

体の薄く平べったいコアラが空を飛んでいる。

色は茶で、太く硬《かた》そうな体毛に覆《おお》われている。

その周りに、いっせいに小さな虫が飛んで来、コアラをぐるりと取り囲むと、視界を阻《はば》まれたコアラは前へ進めなくなり、墜落した。


奇妙なコアラの夢をみたのは、ガンのせいだ。

不安でたまらなくなる。その暗い波がすぎると、だいじょうぶ、という波がくる。

退社が決まり、多忙をきわめていた頃、そんな日々を過ごしていた。

朝めざめると、まず右胸を触《さわ》る。

そして、しこりを確認。

それは心配をかける小さな分身のようだった。

三角帽子をかぶり、足は小枝のように細い。

おだやかな朝を迎えたときは、ひざを抱《かか》え体育座り。ときに暴れる。


右胸のしこりを最初に見つけてくれたのは、アロマフィトセラピスト（フィトセラピー＝植物療法のこと）の高野栄津子《えつこ》さんだった。

高野さんは、私が十年前に大怪我をして足が悪くなったときから、私の身体をみてくれていた。

女性の身体を熟知している彼女から、

「右胸、いちど診《み》てもらったほうがいい」と言われ、病院に行った。

検査を受けたが、そのときは〝様子をみましょう〟ということだった。

しばらく、右胸のことは忘れて、相変《あいか》わらず私は忙しい毎日を送っていた。

変わらぬ日々を送ってはいたが、私は退社を考えるようになった。

精神的に追い詰められ、体調も悪かった。

さらに、いつも眠かった。

時々、割れるように頭が痛くなった。

そして退社を決意した頃、右胸のしこりに、痛みが出たのである。


最初のときに、たとえばセカンドオピニオンを取っていたらどうだったろう。

すぐに手術、放射線治療を受けることになったかもしれない。

あのときに手を打っていれば、抗ガン剤治療をせずに済んだかもしれない。

いまとなっては言っても仕方のないことだ。

病気になるときはなる。病気が進行するときにはするのだ。

仮に治療が軽くて済んだとしても、すぐに再発したかもしれず、抗ガン剤をやったから、私はひどく懲《こ》りている。もう二度と、ガン治療はやりたくないとつくづく思うから、ものすごく気をつけて暮らしているのである。

私には必要な経験だったのだろう。

ガンになってよかったとは言わない。

言わないけれど、私はこうなって初めて、地球の運命とつながっている自分というものを、真剣に考えることとなった。

日記1ガンが見つかったときのこと

私のガンが見つかったのは、ずっと勤めていた出版社を、退社した矢先のことだった。

右胸の乳ガンで、腋《わき》のリンパ節に転移していた。

告知を受けたときは全身から血の気がひいた。

ガンは自分からもっとも遠い病いという気がしていた私の、人生最大の驚きとなった。

ずっと本の仕事をしてきた。

苦痛をともなう検査や治療の過程を文字に残したいと思った。

日記のようなものをつけてみたが、一日のなかで大きく上下する不安定な感情を追うだけで、文字がいっぱいになった。

主治医のもと、まず腫瘍《しゅよう》切除手術、その後ひと月半をかけて放射線治療、そしてもっとも憂鬱《ゆううつ》だった抗ガン剤治療を、半年にわたって受けた。

髪が抜けて激しい嘔吐《おうと》に苦しみ、瘦《や》せていった。

乳ガンは、多忙な充実期の女性を襲う。

ちっぽけな自分の体験が将来、同じ病気の人の心をほんの少しでも軽くできたらと思い、私はガンを隠さないことにした。

ミシマ社の連載に、ガンの話を書き始めた。

二〇〇九年四月四日。バンド仲間の牧田幸三さんがつとめる赤羽の東京北社会保険病院で私はガン告知を受けた。

桜が満開だった。

うすいピンクに染まった愛車が病院の駐車場で春の光と風を受けてひときわ美しかった。

この日にガンの疑いが晴れるものだと思っていた私は、告知を受けてがくぜんとした。

検査をしてくれた首藤先生だけでなく、牧田さんが待ち構えていたのも合点がいった。

首藤先生は今後私が受けるべき治療——手術、抗ガン剤、放射線——について、ざっと説明した。

絶対に無理だと思った。そんな治療は受けられない、と。

あのときの感覚をどう言えばいいだろう。

末端が冷えて、体の芯《しん》だけがそこにいるようだった。早くひとりになりたかった。

呆然《ぼうぜん》として病院を出て、環状八号線を南下した。

そうとうショックを受けていたが、この日予定していたチェス教室に向かった。

それはあやしげなアパートの一室にあり、つるんとした白い顔の、小柄な男の人がひとり、いた。

丸い顔。丸い目。さらに丸いめがねをかけている。

和風ハリー・ポッターのような彼と、ナイト（騎士）やルーク（城）を前に、「ガン」のイメージは消えては浮かび、浮かんでは消えた。


私の生活は一変した。

退社のバタバタもすっとんだ。

会社を辞めてのんびりするどころか、大忙しとなった。

ガンという新たな課題に取り組むこととなった。

会社は、辞めたらもったいないという人もいたが、私は気が済んでいた。

以前、飯星景子さんがトーク番組で、座右の銘のようなものとして、「気が済む」を掲げておられたことをよく思い出す。

じつに大事なことだと思う。

私はまさに、「気が済んで」いた。悔いも未練もない。

私はガン対策に燃えた。本を読み、人に会った。

ガンについて学ぶことは、刺激的だった。

放っておけば死ぬのだ。手ごわい病いの発覚は、私を夢中にした。


ひとまず、ガンに悪いと言われているものを自分の生活から排除した。

禁酒禁煙（煙のあるところにも近寄らない）、化学物質（化粧品、洗剤などの生活雑貨全般）、肉類、乳製品をひかえる、充分な睡眠時間の確保、などを実行。

すると、ずっと悩まされていた偏頭痛《へんずつう》がやんだ。肌や歯茎《はぐき》の調子もいい。


家では玄米菜食、外食でもマクロビオティックにこだわった。

先日読んだ高城剛《たかしろつよし》さんの『オーガニック革命』が私の気持ちにぴったりで感激したのだが、高城さんが本のなかでマクロビにふれている。

「マクロビでは〝食材の旬《しゅん》〟という概念も重要視されている。それは「身土不二《しんどふじ》」という考え方で、「身体と大地は二つに分《わか》つことのできない同一のもの」ということを意味している。つまり、その土地で穫れた旬のものを、その土地で食べましょう、ということ。マクロビオティックは単なる食事法ではなく、食べ物や環境、身体を「本来あるべき状態」に保つことを理想としているのだ」

（『オーガニック革命』高城剛著、集英社新書）

高城さんは、オーガニックとは、食べ物を個人に取り戻すこと、工業化された作物を食べている現状についてもう一度それぞれが考えなおし、食をめぐる環境を作りなおすこと、だと述べている。

効率化を突き詰めれば、質より量になる。

食だけでなく都市システムの問題もしかり。

効率化や便利さを伝える人は、わかりやすさを求める。

この「効率、便利、わかりやすい」の追求がきわめて二十世紀的であり、今日ある多くの問題の源泉だとも書いている。

質より量の時代は、完全に過ぎ去った。金融も、都市生活も。まったく同感である。

私は食事を変え、浪費をやめ、二十世紀的生き方と決別した。

治療の方針を決めるにあたり、友人がくれた重粒子《じゅうりゅうし》など最先端治療の資料や代替《だいたい》療法の本も読んだが、現代医学の標準的な治療を受けることにした。

牧田さんの病院には乳腺専門科がなかったので、乳ガン専門の先生を探すこととなった。

友人の浅間雪枝ちゃんが、乳ガン経験者のAさんを紹介してくれるというので会いに行った。

縁《えん》は大事だ。中曽根元首相がNHKハイビジョンでお話しになっていた。縁を大切にし、縁を生かしていくことがあたたかい社会を作ると。

Ａさんはフリーの編集者で、病院の選び方から親切に教えてくれた。待ち合わせの指定が犬カフェという変わった場所だったことも、いまとなっては懐かしい。

彼女は歳は私より十ほど上と思われたが、ガンのみならずさまざまな病気や手術を経験していた。

そのうえ離婚したご兄弟の、障害のあるお子さんを引き取り、家事をやり、仕事もして、一家を支えているというではないか。治療の話はかすんでしまった。

帰りのバスのなかで雪枝ちゃんと私はＡさんの話を振り返った。

いろいろ治療についていきいたのに、Ａさんの人生がたいへんだということしか覚えていない。

だが、Ａさんに会えたことは大きかった。

なぜなら、Aさんは美しかった。

体を切ったり貼ったり、たくさんの恐ろしい目に遭《あ》ったにちがいなく、それらを乗り越え、病弱なからだをはってご家族のために働き……なのに、Aさんはじつに若々しい。

心身ともにさまざまな問題を抱えながらもひらりとフレアスカートを翻《ひるがえ》す彼女の可憐な姿は、不安でいっぱいだった私の心にくっきりと刻まれ、その後治療していく私を、励まし続けてくれた。


いっときも希望を捨てなかった。

どんな事態になろうとも、さらっといこうと決めた。

そのうえAさんのように美しく若々しくいられたなら、同じ病いの女性を励ますことができる。私もそんな存在になれたらば。それだけが支えとなった。私には何かの使命がある。そうとでも思わなければ、やってられなかった。

私の新しい生活は始まった。

健全な精神と容姿を損なわず、過酷な治療に耐えられるからだづくりに励んだ。

なぜガンになったのか考えてみる。

『世界一の美女になるダイエット』（エリカ・アンギャル著、幻冬舎）は、美のためには一食たりともおろそかにしないという強固な信念と、国際舞台での実体験に基づき書かれている。そのなかで、

「ねんざをして腫れることなどが炎症ですが、これが体内の細胞レベルで起こると、老化が進むのです」

のくだりを読んで深く同意。

精製された砂糖や炭水化物、トランス脂肪酸、乳製品、とくに砂糖は体内でたんぱく質と結びつくと、プリンのキャラメルみたいな状態になるという。それらは摂《と》りすぎると炎症を引き起こし老化をまねくという話なのだが、まさに私の二十年におよぶ食生活の問題点を指摘している。

そして、プリンキャラメルとともに、この「炎症」という表現は、かなりぴった

りくる。

そう、私は、炎症を所有し、受け入れた。これが、私のガン体験である。

美のグローバリゼーションは、すなわち「二十世紀的生き方との決別」につながっている。

Aさんに会ったあと、いくつかの選択肢があったが、私は国際医療福祉大学三田病院の吉本賢隆《まさたか》先生（現・よしもとブレストクリニック院長）の診察を受けることにした。

方角もよかった。

吉本先生は髪がハリネズミのように立っており、全体像はコアラだった。

コアラは、

「台風に遭った小鳥になったと思ってね」

と私に言った。

一時的な暴風雨から避難する小鳥。

私は小枝にとまり羽根を休め嵐が止むのを待つ自分をイメージした。

ＭＲＩやエコーなどをコアラのもとで再検査した。

検査はいちいち面倒で、待ち時間もお金も体への負担もかかるが、イヤイヤ飲むクスリは効かない。

私はなるべく前向きに検査をこなしたが、黒い影はやはり映った。


入院なら慣れていた。

ぎっくり腰、マイコプラズマ肺炎、らせん階段から落ちて大怪我をしたこともある。

私の左足首は粉々《こなごな》に壊れ、それはもうすさまじい痛みに襲われた。

左足首に人工骨を入れて、足と脚をつなぐ手術をした。まるひと月入院し、それからしばらく車椅子の生活をした。だいぶ経ったいまも、かるいものだが不自由が残っている。

そのとき入院した二人部屋で一緒だったのが、末期ガンのおばあさんだった。

真夜中に流れてくる排便の匂い。痛ましい記憶。私が退院してまもなく亡くなったときいた。

あのおばあさんの体内を駆けめぐっていたのと同種の毒を、私もこのからだのなかに育んでいたのだ。

4 恵まれていた日々

会社を辞めてまず不便を感じたのは、郵便物の発送だった。

たとえば本なら傷《いた》まないように、硬い封筒で送りたい。

ところがこれがどこにでも売っているものでなく、値段も二つで一〇〇円とわりに高い。

会社にいた頃は、硬い封筒をポンポン使っていた。

硬い封筒だけでなく、柔らかい封筒も、便箋《びんせん》も、サインペンも消しゴムも、会社には何でもあった。

なんて恵まれていたのだろうと思う。

恵まれていたのは文具だけでない。

毎月、お給料をいただけること。

交通費や仕事に必要な経費が出ること。

保険や税金のことを総務の秀吉や菊ちゃんがやってくれてたこと……何もかもだ。

ひとりになった私は、あまりに会社がいろんなことをやってくれていた事実に、いや、やってくれてるのは知っていたが、自分でやると大変なことにがくぜんとし、あらためて感謝し、そしてこの事実をわかっただけでも会社を辞めてよかったと思った。

このことを、わからないままでいなくてよかった。

私は出版社から本を送っていただくと、硬い封筒の表のラベルを剥《は》がし、溜《た》めるようになった。

ウラの白いチラシや、プチプチも溜めるようになった。

中途半端に使って放っていたペンは、まとめてペン立てに差すようにした。

もう二度と、ものを粗末にはしまい。

稼ぎだって以前のようにはないのだから。

私が二十年の出版社生活で溜め込んだものでウチの床は抜けそうだ。

本も服もＣＤも、もう一生買わなくていいくらいある。

気づいたらフォークギターが三本、サックスが五本。

いまウチにあるものを大切に使って、晩年まで過ごそう。

買い物に行きたくなったら、ウチの中を見回して、引き出しや棚をひっくり返せばよい。

お店より面白いものが出てくる。なにせ自分で選んだものばかりなのだから、どんなセレクトショップより自分好みのセレクションであるはずだ。

5 知らない人に怒られる

平日の夕方、地下鉄に乗っていた。

車内はやや混んでいたが、人とぶつかるほどではない。

席は埋まっており、私はつり革につかまり立っていた。

マスクをしている人も何人かいたなかで、私はのどの渇きが気になった。

肩にかけていたかばんからペットボトルを出し、水を飲んだ。

乳ガンの手術を受けてしばらくが経っていた。後遺症で右手が不自由な私の動きは、にぶかっただろうとは思う。

しかし飲むとき誰かに肘《ひじ》をぶつけたり、水をかけたりはしていない。

なのにとつぜん、隣に立っていた人が、私に怒りだした。

はっきりおぼえていないが、「電車のなかで水を飲むなんて、まわりに迷惑だと思わないのか」というようなことだった。

彼は私に言い放ったあとは、まっすぐ前を向いて黙った。

私より年上の中年男性で、忙しそうではない。

無表情で、私を見ているようで私を見ていない。

よしもとばななさんの『なんくるない』が浮かんだ。

『なんくるない』という小説のなかの「私」は、本屋で本を探していて、思いがけず書店員に怒りを向けられる。

「あんたがどんくさいからいけないのよ！」

そう言われて、「私」は、書店員に返す。

「私があなたに何をしたっていうんですか？」

すると書店員の彼女は「私」にこう言うのだ。

「わかりません、でもあなたを見ているだけで、あなたのような人の全てに、無性に腹が立つんです」

地下鉄での私は、『なんくるない』の「私」だった。

男に言い返すべきか？

「私があなたに何をしたっていうんですか？」と。

私が何かしてもしなくても、彼は私を不愉快なのに？

彼と私は無言で、隣どうしで立っていた。

まわりの何人かが私を見たような気がした。

皆、私が男に言い返すのを待っていた。

結局私は何も言わないまま、何駅かにわたる時間を、男の隣で過ごした。

日記2 手術のときのこと

二〇〇九年五月。

私は麻酔を警戒していた。

十年前、初めて体験した全身麻酔の辛かったことといったらない。

激しい嘔吐《おうと》と頭痛に苦しんだ。

左足首粉砕《ふんさい》骨折のときだ。大きな手術はそのときに経験しているので、体にメスを入れるとどうなるか、体を切ることがあとあとまでいかに全身にひびくかわかっていたが、ガンを取らないわけにはいかない。手術の痛みは覚悟するとして、だが麻酔の辛さはどうにかならないものか。

麻酔は麻薬の味がする。たとえるなら、タイヤのような味だ。

もちろん眠っているときはわからない。手術室から戻って眠りから醒《さ》めたときに、強烈なゴムのような苦味《にがみ》が胸にせりあがってくる。

手術入院前日に風邪をひいた。

バトルジャズ・ビッグバンドのレコーディング現場にいた私は、せっかく大好きなビッグバンドサウンドを浴び放題の空間なのにスタジオでどんどん具合が悪くなり、あたまが重くて眠くて無念ながら帰宅した。入院前にうろちょろするなという神のメッセージだったかもしれない。

のどが痛くなり、次に鼻水が止まらなくなり、熱も計ってないが三八度くらいあったかと思う。

そんな調子だったので、入院当日朝、友人の上田達雄が迎えにきてくれたときも朦朧《もうろう》としていた。

六本木の自宅から赤羽橋の国際医療福祉大学三田病院まではタクシーでワンメータと近い。それでも迎えを頼んだのは、荷物が多いということもあるが迎えを彼が申し出てくれたことが嬉しかったからだ。

受付で書類と保証金一〇万円を提出したあと、病棟へ移動。両親もやってきたが、私の姿を見ると「寝たほうがいい」と言って、三人はすぐに帰っていった。

ひとり部屋に残されると、熱でからだが重かったが、荷物をほどいて自分好みに本や食器を配置。チェスも持ってきた。

居心地のよい部屋ができたところでようやく横になった。

静かである。

仰向《あおむ》けになって、正しいプロセスで自らを回復へ導く算段をイメージした。正しいプロセスとは、薬に頼らず治すことだ。

「クシャン！」ときたら喜べ。

風邪は体の大掃除。（野口整体）

翌朝、大きな痰《たん》が出た。黄色で中身が詰まってそうで、嬉しくなりしばらくうっとりと痰を眺めた。

熱も下がった。


手術前夜。

二十一時以降、断食《だんじき》に入る。水も飲んではいけない。うがいだけ。

遅番の看護師さんが挨拶にきてくださる。

「手術後のお手伝いをさせていただきます。麻酔がきれたら痛みが出たり気持ちわるくなります。遠慮なく、何でも言ってください」

そうなんです、私ものすごく気持ちわるくなりそうです、と可愛い看護師さんによろしくお願いしますとあたまをさげる。

「明日は思い切り甘えてください」

澄んだ瞳でそう言われたら涙があふれてきた。

手術に耐えられるようしっかり食べた。母の手作りの酢大豆《すだいず》、レモンの蜂蜜漬《はちみつづ》け、ひじきの煮物、と、友人の立石一海の差し入れブラウンライス・カフェの豆乳マフィンをいただいて、手術後しばらく入れないお風呂へ。腰までの半身浴でたっぷりと汗をかいた。

手術当日は朝からバタバタと看護師さんたちが出入りし、あっという間に手術室へ連れて行かれた。

麻酔を打つ前、室内に懐かしのJ－POPが流れていたことがやや気になったがそこから先はわからなくなった。

意識を取り戻したのは数時間後のベッドの上だ。

からだは重く、麻酔がきれてくるにつれて痛んだが、私がいちばん心配していた麻酔による吐き気は、前よりなかった。麻酔の種類が違うのか、やはりこの十年弱で医学が進歩したということか。

胸もきれいだった。傷はもちろんあったが、予告どおり乳房は温存されていた。しこりは消えている。

あとで両親に聞いたのだが、手術の途中に先生が手術室から出てきて、ガンの塊《かたまり》を触らせてくれたという。

ガンはカチンコチンの石だったそうだ。私も私のガンに触れてみたかった。

意識の戻った私が大きなショックを受けたのは、右腕が巨大に膨れ上がり、動かなかったことだ。

もっとも恐れていたことが起こったと思った。

ガン告知を受けた私が死よりも恐れていたのは楽器が吹けなくなることだった。右胸の上部と右腋リンパ節に転移したガンの塊をすべて撤去するため患部をざっくり切る、その結果、右手の痺《しび》れや麻痺《まひ》、浮腫《むく》みがおこる、と医師からきいたとき、気を失いかけた。私の大事な趣味である楽器を演奏するにも、私の仕事である原稿を書くにも、手指を使えなければ困る。

見た目もおそろしいことになっていた。

腕が太ももくらいに巨大化している。

これでは洋服の袖は通らないだろう。

左手を伸ばして右腕に触れてみる。

感覚がほとんどなく、ぶよぶよだ。

指もパンパンに膨れて、腕はどうがんばっても動かなかった。寝返りがうてない。この不自由はあとあとまで私を苦しめた。

腕が上がらず、上げようとすると痛いので動かさなくなり、すると首から肩全体が固まってしまい、ますます難儀した。

一生このままだったらどうしよう、と嘆き、先生に訴えた。必ず良くなると先生は言ったが、現状では信じられなかった。

全身切り刻まれたように感じた。


一週間ほどで退院してから一カ月は我孫子《あびこ》の実家でほとんど寝てすごした。

傷がいたくて、からだが重くて、どうにもならなかった。

食べては寝るを繰り返した。

いくら食べても、おなかがすいた。

リハビリに行くときだけ、上京した。

乳ガンの手術後に手が上がらなくなったり、浮腫《ふしゅ》になるケースは多い。それらはふだんの生活のなかで体操などをおこないながらじょじょに回復を待つのが一般的で、私のように乳ガン患者でリハビリを受けるのは少数派ということだったが、私が入院中に大騒ぎしたため整形外科の先生が駆けつけてくださり、早々にリハビリをはじめることとなったのだった。

リハビリの担当になった作業療法士の金澤均《かなざわひとし》さんはまだ二十代の若者だったが、私のいちばんの精神的不安を取り除くべく、懸命に治療に取り組んでくれた。

私が怖がって動かさなかった肩は固まってなかなかうまく回復しなかったが、彼が精一杯の思いやりで施《ほどこ》してくれたその手のあたたかさを、私はこれからもずっと忘れることはない。

第3章

毛のない生活

6

抗ガン剤の福作用

「抗ガン剤の不快感から逃れるすべはない」

と本で読んではいたが、そのとおりだった。

抗ガン剤治療が始まった。

くわしくは日記に書いた。

どれほど吐いても、髪が抜け落ちても、痩せ細ろうとも、人生は続く。

よいことが全滅するわけではけっしてない。

私は同じ病いの友を得たし、二十年離れていた家族との時間を持てたし、きつかった靴が穿《は》けた。

外に出れない時間を使って、体調のましなときに、日本史の勉強やバディ・デフランコのコピーもした。

貝原益軒、中村天風の健康本および人生本を読み返した。

私はほぼ完全な引きこもりとなった。

物心ついてから、こんなにウチに籠《こも》ったことはない。

中学、高校、大学は部活ばかり。働き出してからも仕事とバンド、一日家にいる日などめったになかった。

いつもハレ。

雨が降ってもハレ。

ずっとそんなものだったから、私は大怪我も大病もすることになってしまった。

抗ガン剤治療の日々は、私にさまざまな意味で新しい学びをくれた。

外に出ないという体験。

誰とも連絡をとらず、病いに向き合う。

一日のほとんどを思索に費やし、よく眠った。

自分の細胞を立ち上がらせること、そればかりを考えていた。

入院時の日記１

初回・抗ガン剤治療で４日間の入院
２００９年11月２日（月）

抗ガン剤投与当日朝９時半、病院に入り採血をした。
治療にはつねに採血がともなう。血管を大事にしなければならない。
最近のハリは細く柔らかく、苦痛が少ない。
こんなとき、技術の進歩がつくづくありがたい。
一時間ほどで出る採血結果を待って、診察。
ここで抗ガン剤をうってもいいかどうかを先生が判断する。

この日をむかえるまで私はもたもたしていた。

放射線治療を終えて3カ月がたっていた。

本来なら放射線後3週間ほどで抗ガン剤にとりかかれたが、いやでこわくて逃げまわっていた。

本人がもたついているうえ、母が入院したりもあって、治療の開始が予定より遅れた。

その間、私はマイコプラズマ肺炎にもかかった。

放射線の後遺症が不安なところへ薬漬けになっており、私は私の肝臓が心配になった。

こんなに肝臓を働かせていてそのうえ抗ガン剤をして大丈夫なのか。

しかしこの日、朝の診察でありがたくないゴーサインをもらった私はいよいよ入院することとなり、左腕には点滴のハリが差し込まれた。

入院手続きを済ませ部屋へ。抗ガン剤をうって自分がどうなるのか想像がつかなかったが吐きまくるときいていたので個室をとった（いまならそんな贅沢はしない）。

午後2時から点滴というので、お昼ごはんは外へ食べに出た。たとえ吐くことになろうともからだによいものを取り入れたい。タクシーをとばしてマクロビの店に行くことにした（いまならこんなお金のかかることはしない）。この時期、私はひどく食生活に神経質になっていた。割高でも外食は自然食やマクロビオティックの店に限った。

食事がガンを小さくすると、信じていたからだ。

20年におよぶ多忙な編集者生活で私が溜め込んだ毒は、たった半年の食事療法で追い出すことなどとうていむりだったというのに。

ただし、たとえ短い期間でも、やりすぎなくらい食事を第一に考えて送った日々は、その後薬漬けになる私のからだを支えてくれたことに間違いない。

このときからその後3カ月にわたり私が受けた抗ガン剤治療は、通称FECと呼ばれ（病院によって呼び名は異なります）、烈《はげ》しい嘔吐や脱毛、倦怠感《けんたいかん》をともなうものだった。現在のガン治療でポピュラーな、いくつかの薬を組み合わせた抗ガン剤である。

〈点滴の流れ〉

1、生理食塩水＋デキサート＋ガスポート
薬の副作用による吐き気、むくみ、過敏症状をおさえる……数分

2、生理食塩水＋セトローン（グラニセトロンバッグ）
吐き気をおさえる……30分

3、ファルモルビシン（エピルビシン）
これが抗ガン剤。赤い液体。……数分（数本の注射）
細胞が増殖するのに必要なDNAとRNAが作られるのをおさえる働きがある

4、生理食塩水＋エンドキサン（シクロホスファミド）＋5FU（ファイブフルオロウラシル）

細胞の分裂を止めることにより、細胞の増殖を止める働き……30分

5、生理食塩水

仕上げ。点滴ルートに残っている薬剤を体内に押し込む……数分

このようにして抗ガン剤は私の体内に撒《ま》かれた。

1〜5を終えた私はしばらく元気で、付き添ってくれた友人らとにぎやかに過ごしたが、もよおしたのはみんなが帰った夜7時半ごろからだったと思う。

急に眠気が襲ってきて、胃のむかつきが始まった。

夜中にひどく吐いた。

高かったマクロビランチ、ぜんぶ出て行った。

夜中に点滴したアタックスピーというお薬は安定剤でもあり、翌朝から睡眠薬を飲んだように一日中眠った。

ときどき目があくと、強烈な吐き気が襲ってくるが、また寝てしまうということを繰り返した。

幻覚症状に似たものなのか、夢だったのか、よくわからないが、見た。

自分と関係ないひとたちの人生のストーリーが短編で次々展開された。

話の中身はおぼえていない。どうということのない内容だ。

まぶたに流れるショートフィルムを、ぼうっと眺めている。

この日から3日間、ステロイドを服用。デカドロンという薬で、抗ガン剤の副作用の吐き気やアレルギー反応を抑えるというものだ。かならずとらなければならない。

私は食事ができなかったので点滴で摂取した。

個人差があるが、私の場合は吐き気がひどかった。

自分でもそんな気がしていた。だからいやだったのだ。

食事がとれないということは、薬を経口で服用できないということなので、食事がとれるまで退院させてもらえない。点滴のハリが刺さったままは辛いが、こんなに吐き気がひどくては食事はむりだ。

3日経ってもむかつきはおさまらなかった。

食事がとれず、点滴はつづく。

気持ちわるくて眠れないので、DVDをかけた。

天海祐希主演のドラマをたくさん借りてきていた。

退院後、天海さんにインタビューすることになっていたのだ。

画面のなかのトップキャスターは活気ある職場でいきいきと働き、なんだかさんぜんとかがやいている。尋常でないかがやきだ。

ここまでじゃないが私にもキラキラ働いていたときがあったような気がするなァ。いまこんなんなっちゃってさ……とひとりごちながらもまた吐きそうだ。

ちなみに退院後も具合の悪さがつづき、インタビューはほかの方に代わってもらった。なので私は天海さんにけっきょく会えていない。


果物なら食べられそうだと買ってきてもらう。

ぶどう、りんご、柿、をちょっとずつ食べた。

吐き気は座薬（ナウゼリン）を入れてもらってほんの少し軽減された。


4日めになると自分の髪がにおうのが気になった。

通常なら2、3日くらい放っておいても大丈夫な私の髪が。

頭皮がべたついているのも薬のせい？

もしかして脱毛に向けて早くも頭皮が変化を始めているのだろうか。おそろしい。

吐き気が落ち着いていたので、4日目の晩にようやく、左腕の点滴のハリの所をビニールで覆ってもらい、お風呂に入った。

入浴中は快適だったが、あがったら、くらりときた。

しばらくベッドに倒れる。

食べていないからか。

TV画面のなかの天海祐希は「トップキャスター」から「ラストプレゼント」に代わり、こんどは彼女もガンだ。

いつまでも倒れていてはいけない。

食べなければ……食べて、立って、歩かないと……

ようやく私は白ごはんとおひたしとごぼうサラダに手をつけた。

食事をとれば、退院できる。

ステロイドも終了。

点滴のハリがぬけるときの安堵感《あんどかん》は何物にもかえがたい、幸福な瞬間である。

ハリの刺さっていた箇所にツバをぬり、ありがとう、を言う。

抗ガン剤投与から5日後に、退院した。

病院で朝昼ごはんをいただいて、さらに、ランクルで迎えにきてくれた友人のナカダシロウと、私の好物、六本木のジャスミン・タイで蟹《かに》カレーを食べた。

むかつきはときおり盛り上がってくるものの耐えられる程度。

〝日に日に回復〟とはこのことだ。人間のからだとはじつによくできていてありがたい。

４日間寝たきりだったので外を歩くとふらふらしたが、外気を全身に受け、解放感にひたった。

２００９年11月７日（土）
抗ガン剤投与から６日、自宅療養１日め

実家までランクルで送ってもらい、しばらく自宅療養に入った。

母の作ってくれるサラダ、野菜スープなどを食べていればぐんぐん回復するはずだ。

サラダには亜麻仁油《あまにゆ》を入れた。

野菜スープには血管強化用のにんにくをたくさん入れてもらう。

全粒粉パンに、ピロリ菌を殺すという高い殺菌効果のニュージーランドのマヌカハニーを塗って食べた。

まだ少し気持ちわるいが、食べられる。

赤い薬で殺された細胞たち。そのなかで、いいやつらだけが、起き上がってきてくれる。

耐えるしかない。

退院のときに処方された吐き気止め、プリンペラン錠をのむ。名前がかわいいが効いてるのか効いてないのかよくわからない。気休め。

抹茶豆乳ラテと、にんじんりんごジュースを作って、倒れた細胞たちが起き上がってくるのをイメージしながら、飲んだ。

夜になると吐き気がおさまってきた。

なので夕ご飯はしっかりいただいた。

だいこん、にんじん、こんにゃくの煮物
かぶの酢の物
にんじんの葉のいため
さつまいもとごぼうとしいたけのみそしる
デザートに、メロンと柿

食後、貝原益軒の『養生訓』を読みながらウトウト。
9：50就寝。6日ぶりに吐き気なく床についた。

「〜くよくよしないで〜

病人は養生の道をかたく守っていればよいので、病気のことをくよくよしてはいけない。

くよくよすると気がふさがって病気がひどくなる。重症でも気ながに養生すれば、思ったよりもよくなおるものである。

病気を心配して得することはない。むしろ用心しているほうが得である。もし死ぬに定まっている病気なら、天命で定まっていることだから心配しても何にもならない。よくならないことに不服をいって他人を苦しめるのは愚かである」

（『養生訓』貝原益軒著、松田道雄訳、中公文庫）

2009年11月8日（日）
抗ガン剤投与から7日、自宅療養2日め

抗ガン剤をうってから約1週間で、白血球が急激に下がるときいていた。白血球が下がると、風邪をひいたり、口内炎や歯肉炎になるという。

ガン仲間のちよかちゃんによると、抗ガン剤の日々は毎日が「ジェットコースターに乗ってるみたい」なのだそうだ。

それほど、体調と心がアップダウンする。1日のなかで、いや、もっと短い、1

時間や数分でも体調が激変するらしい。

夜中に急に寒気に襲われた。

風邪をひいてはいけないから、アンカの電気を入れ、くびのしっぽを必死で暖めた。

自分の体調にはこれまでも敏感でいたつもりだが、今後はいっそう気をつけて、生きねばならない。

憂鬱になってもしかたがない。

洟《はな》が出る。

母に小豆《あずき》を煮てもらう。消炎、利尿、解毒《げどく》作用があるのだそうだ。

野口整体の本を読む。

「〜文明生活を見直そう〜

私のいいたいことは、表面に表れている体力だけが体力のすべてではなく、潜在している体力も体力であることを自覚し、自発的に行為すれば、こういう力を活発に喚《よ》び起こすことができるのだということであります。（中略）

もう一度、原始の状態にフィードバックし、そこから再出発する方が、活き活きした生き方が生まれるのではなかろうか。自分の持っている力を発揮できなくなった人間には、特にこういう、全身を叩きつけ、全力で生きることが必要だと私は思うのであります」

（『整体入門』野口晴哉著、ちくま文庫）

2009年11月9日（月）

抗ガン剤投与からまる1週間、自宅療養3日め

長い吐き気がおさまってようやくやすらぎを得た私の、目下最大の関心事は、脱毛となった。

抗ガン剤投与から1週間、苦痛にさいなまれた私の髪は、すっかり白くなってしまっている。

「FEC治療は、100%、脱毛をきたします」とのこと。

脱毛のことは、ガン発覚からいつも私のあたまにあった。

脱毛したガン先輩女子たちはみな、なかなかボウズが似合っている。カッコいいとさえ思えた。

ただ、脱毛の過程に耐えられるかと言えば、自信がなかった。

なにより、両親を悲しませたくなかった。

仲間のよしえちゃんは、投与から2週間で抜け始め、その段階で病院内の理容室でボウズにした。

「悲しかったけど。ラクでいいよ」と言っていた。

じっさい、毛が抜けると部屋の掃除もたいへんである。

早めに刈ってしまったほうが、よいか。

仲間のなかでもっとも過酷な治療を受けているひろこちゃんは、たとえ辛くても抜けていく過程をすべて体験する、途中で刈らず〝全部見る〟ことを私にすすめてくれた。それが私に合っていると思ってくれたのだろう。

抗ガン剤治療の先輩たちが口をそろえていうのは、排水口に溜まった髪の毛の束《たば》を見るのはほんとうに悲しい、ということだった。

黒々と髪の溜まった排水口を、何度も想像した。

その想像が、いよいよ現実となる。

何度も読んでるドクター新谷の『病気にならない生き方』2と3をまた読む。

「〜体はけっしてウソをつかない〜

体はけっしてウソをつきません。

私は体から次の三つの「真理」を教えてもらいました。

「命を養うことができるのは、命だけ」

「健康な遺伝子を作ることができるのは、健康な遺伝子だけ」

「健康な遺伝子は、自然の摂理のなかで育まれる」（中略）

体は正直です。

たった一つでもよいことをすれば、必ずあなたの人生によい変化をもたらしてくれます」

（『病気にならない生き方2　実践編』新谷弘実著、サンマーク出版）

2009年11月10日（火）
抗ガン剤投与から9日、自宅療養4日め
ちよかちゃんが言っていたとおり、ジェットコースターの毎日である。

とつぜん汗をかいたり、かと思えば悪寒《おかん》がしたり、下を向くと気持ちわるかったりと忙しい。


今日は退院後、初の検診だ。

抗ガン剤が始まると担当医師がコアラから若い女性のみさと先生にかわった。

コアラは私のあとにも続々と訪れる新規の患者さんのことで超多忙なのだった。

ほんとうに乳腺外科はいつも混んでいる。

採血をし、白血球が下がってないか調べたが、異常なし、とみさと。

抗ガン剤をうつと、あたらしい白血球ができにくくなる。私の体内では、まだ古い白血球たちががんばってくれているそうだ。

仲間のかおるちゃんとランチ。好物、蟹カレーにつきあってもらう。

仲間たちの話によると、抗ガン剤の副作用はさまざまだ。

吐き気、しびれ、うつ、倦怠感、食欲不振または過食……。

なかには、平気な人もいるという。私がそんな人でなく残念だ。
そういう人は、投与の翌日も仕事に出かけられるらしい。
人それぞれなので、ある意味、誰も参考にならないし、誰もが参考になるともいえる。
情報はあっていいが、あまり気にしないことも大切だ。
気にしすぎるとからだが塞《ふさ》いでくる。
自分のからだの声に耳をすまし、直感を大事にし、それからなるべく気楽にすること。

2009年11月11日（水）
抗ガン剤投与から10日め
朝起きたときは凪《な》いでいた心身が、夕方に変調をきたした。
とつぜんクラっとくるのである。

抗ガン剤はてごわい。

どうにかやすらかにすごせないものかと思うが、しばらくはむりなのだろうか。

いったいいつになったら、この不快感、不安定感から解放されるのだろう。

泣きそうだ。

いまできることは、とにかく、しっかり食べること。

新鮮な野菜や果物をたんと。

命あるものから命をいただき、倒れた私の細胞を立ち上がらせるのだ。

自分では作れないから、農業にたずさわる生産者のみなさんに頼るばかりである。よろしくお願いします。

2009年11月12日（木）
抗ガン剤投与から11日め
「白血球が下がるって、どんなかんじ？」

仲間たちにきいてみたが、みな口をそろえて、「自分ではわからない」と言う。

採血して、数値でみるしかない。

いま、私の体内は、白血球の高齢化社会である。

お年寄りがまだ気丈《きじょう》にがんばってくれているが、抗ガン剤が撒《ま》かれたことにより、白血球の少子化がすすんでいる。

風邪や怪我に、これから数日はいままで以上に要注意とする。

2009年11月13日（金）
抗ガン剤投与から12日め

下がったといえば、体重も下がった。

ガン発覚からこの半年で、5キロ減った。

この20年、学生の頃から体型は変わらず、体重はつねに50キロ前後。

身長は160センチだ。

ちょっと減っても増えてもすぐ戻っていたので、きっとこれが自分のベストなのだと思っていた体重が、ガックリ落ちた。好きな洋服が借り物のようになってしまったが、もう私はキャリアウーマンではないのだから、素敵なスーツに用はない。ついでに頭も禿《は》げてしまうのだから、ますますおしゃれに用はないのである。

もしかして私が知らされてないだけで、じつは私が思っている以上に病状が重いのではないか？　と疑ったりもしたが、体重減少はいまのところ、食生活の改善によるものと考えている。

ガンがみつかりあらゆる本を読み、よいとされていることはぜんぶ取り入れた。ガンの栄養になりそうなものは好物でもすべてやめた。

慣れるとあんがい平気なもので、いままでぜいたくしすぎだった。

この日の診察で、白血球がガックリ減ったことが判明。

白血球を上げる注射（グラン）をしてもらい、バナンという抗生剤をしばらくのむこととなった。感染症に要注意、外出はなるべく避けるようにということだった。

病院のあと、テレビドラマの撮影現場に行った。

この時期に、独立した矢先に病人になってしまった私に、声をかけてくださった仕事仲間がいる。

こんな頼りない状態なのに本当にありがとうございます。

スタジオで天井を見上げる。

もしもいま、この照明が、落ちてきたら……。

セットではたくさんの役者さんやスタッフさんが働いている。

このなかで最も助からないのは、白血球高齢化中の私だ。

久しぶりに現場に出てみたが、からだがおもうように動かず、自分がふがいなかった。

涙がたまった。

2009年11月14日（土）
抗ガン剤投与から13日め

あさいちで病院、白血球注射。
風邪がひどくなっている。
咳も出るしあたまも痛い。

夜になると腰がぬけそうになった。
腰が痛くなかなか眠れなかったが、ロキソニンをのんだら一発で効いた。
ありがとうロキソニン。こういうとき西洋医学がありがたい。
病気になったら仕方がない。

２００９年11月15日（日）
抗ガン剤投与からちょうど2週間

白血球が下がり、しばらく外出禁止となった。
なんにもできない。

鏡をみると、つるんと真っ白な自分の顔。
そういえば、抗ガン剤は肌がきれいになるときいたことがある。
いままでからだに溜め込んださまざまな物質がぜんぶ出て行くからだろう。
ちょっとはいいことないとね。

7 毛のない生活 1

「一〇〇パーセント、脱毛をきたします」

と、説明を受けていたとおり、私のあたまは脱毛をきたした。

抗ガン剤が、私は怖かった。

なんとか逃げようと考えていた。

あらゆる代替《だいたい》療法の本を読み、お酒、お肉、乳製品……ガンの栄養になりそうなもの（＝私の好きなもの）をいっさいやめて、海藻類を多く摂った。

が、半年以上努力を続けた甲斐なく、けっきょく抗ガン剤治療を受けることになったし、脱毛もきたした。

きたしたくなかったから努力していたのに、と泣いた。

まさか自分が坊主になろうとは。

起きてマクラが髪の毛だらけで真っ黒だったあの朝のことは、生涯忘れないだろう。

目に焼きついて離れないマクラのようす以外、髪が抜け始めた頃のことを細かく思い出せないのは、いま思えば、辛かったからだろう。

抗ガン剤を投与して二週間で脱毛は始まり、二週間をかけ髪はすべて抜け落ちた。

その間は、悲しく、そして頭皮の痛みが続いた。

抗ガン剤は共倒れ戦法である。

いったんあらゆる細胞を打ちのめすが、そのうち悪い細胞は倒れたまま、良い細胞のみ、必ず立ち上がってくる。それを、待つ。

すぐに結果は出ない。仕事と同じ。

闘病も自分の底力を信じて、あきらめないことが肝心だ。

それなりに憂鬱なこともあるし、毎日寒い。
なのに、このところ、朝目覚めるといつも、すがすがしい。
わけがわからない。
わけがわからないが、どうやら私は、体本来の力を取り戻しているようだ。

入院時の日記2

2009年11月15日（日）

抗ガン剤投与からちょうど2週間

起きたら枕が髪の毛でいっぱいだった。

ついに脱毛が始まった。ちょうど2週間。

抗ガン剤投与からぴったり10日で白血球が下がり、ぴったり14日で脱毛した私は
いわゆる副作用の見本のようだと思った。

仲間にきいてはいたが、頭皮が痛む。

用意していたユニクロのコットン帽子をかぶり、ねずみ色のスウェットスーツ姿の私は、いよいよ病人なのだった。

頭が痛いうえにおしりが痛い。

抗ガン剤は便秘になる。

仲間はみんなお通じに苦労しており、よしえちゃんは4時間トイレに入っていたこともあったといった。

私は入院中からつねに便意に敏感に、ぜったいにチャンスを逃すまいと気を張っていた。

その成果あって、ちょっとずつでも毎日お通じがあった。

しかし、便の硬さはどうにもならなかった。

ジェイン・プラント教授が「便秘には亜麻仁油《あまにゆ》」と書いていたので、せっせとサラダに亜麻仁油をかけ、おしりにも塗ってみた。

2009年11月17日（火）
15日め

夜中何度も目がさめた。

帽子をかぶって眠ったが、帽子のなかで髪がどっと抜け、ごわごわしている感覚に陥《おちい》った。

朝起きて、帽子を取ってみると、思ったほどではない。

あまり急に坊主になると本人も家族もショックなので、少しずつ慣れるように、そういうふうにできているのかもしれない。

昨日は頭皮が痛かったが、保冷剤で冷やすとラクになった。

水で塗らした半紙を頭に巻き、その上に帽子をかぶっている。

帽子を取ったとき、半紙に髪がひっついて、捨てるのが簡単である。

脱毛に気をとられているまに、いつしか風邪が治っていた。

2009年11月18日（水）
16日め

象牙《ぞうげ》色の洗面台に、髪の毛がびっしりへばりついている。

そうとう脱毛しているというのに、鏡に映った私の様子は前とあまり変わらない。生《は》え際《ぎわ》がやや後退して産毛《うぶげ》が立ち上がり、むしろ前よりひたいが美しい。

このままでもいいくらいかも。


抗ガン剤治療の先輩、けいこちゃんが会社帰り我孫子に寄ってくれることになった。嬉しい。久しぶりの外出である。我孫子駅までクルマで迎えにいき、けいこちゃんの家のある牛久《うしく》までドライブした。

平日夜の牛久シャトーは閑散としており、我孫子よりいちだんと寒い。

お客は私たちしか、いなかった。

しんと冷たい空気のなか、シャトーの庭園を二人で歩く。

私は脱毛を嘆いた。覚悟をきめていたものの、やっぱりショックだったと。

今夜はそのことを、けいこちゃんにきいてほしかった。

これはやった人でないと、わからない。

するとけいこちゃんは
「覚悟をきめるのと、じっさい体験するのとは、違うからね」

と言った。

そして、けいこちゃんも、脱毛は本当に悲しかったと言った。

高く澄み切った冬の夜空に、私たちの傷みが吸い込まれていくようだった。

2009年11月19日（木）
17日め

脱毛は起こったが、味覚があるのはありがたかった。

味覚障害になると食事を摂れなくなるからだ。

私は以前にもまして、食事に気をつかった。

〈毎日食べているもの〉
キャベツ、スプラウトの生野菜サラダ
マヌカハニーを塗った全粒粉パン
豆乳ヨーグルト
くだもの全般
抹茶豆乳ラテ
ビール酵母
ごまふりかけ玄米ごはん
にんにくたっぷり野菜スープ
たまご1個

「〜食事で徹底的に体質を変える〜

「胃なら胃」「肝臓なら肝臓」と、臓器や器官を個別に細かく見る現代医学（西洋医学）は、人類の病気の解明や治療に大きく貢献しました。しかし、そこに偏りすぎたために、私たちは「医療」と「食」を切り離す考え方に慣れ、「食品が体をつくっている」という意識が希薄になってしまったようです。

二十一世紀は、その感覚を取り戻し、先人が長く送ってきた「プラントベース（植物性食品中心）の食生活」に還っていくだろうと、多くの専門家が指摘しています。

私が提唱するガンの食事療法も、自然の植物性食品を主体にしている点で、別名「新縄文食」とも呼んでいます。といっても、まるっきり古代の食事に還ればよいわけではありません。現代人の寿命の長さを支えてきたのもまた、栄養豊かな「食」だったはずです。私たちは、その行きすぎた針を少し戻し、現代人としての知恵もいかしながら、賢く食べる必要があります」

（『今あるガンが消えていく食事　超実践編』済陽高穂著、マキノ出版）

２００９年11月20日（金）
18日め

服も床も毛だらけである。
手櫛《てぐし》を通すと、指先に吸いつく髪の束。
この落胆に、少し慣れた。
私はいいことを思いついた。
会社で社長に怒鳴られるよりましなのだった。
そう思うことにしよう。
あれよりまし。そう思えば乗り切れる。

2009年11月22日（日）
20日め

いよいよ佳境。左あたま半分は髪がなくなった。
陰毛も減った気がするが、陰の毛にとらわれているばあいではない。
睫《まつ》毛《げ》と眉《まゆ》毛《げ》はぶじであるが、2回目の抗ガン剤をやったら、なくなるだろう。

同じコットン帽子をかぶり続けて一週間。新しいのがほしくなった。

しかもその間、あたまを一度も洗っていないから、洗濯もしたい。

日曜で混んでいるとは思ったが、ユニクロ我孫子店に行くことにした。

人目を避けて、暗くなってから出かけたが、予想以上の大混雑。

2つ選んで1500円の帽子、フリースのパジャマとワンピースを母がプレゼントしてくれた。

新しい帽子をかぶった私を見て父は「イイダコに似ている」と言った。

2009年11月23日（月）
抗ガン剤投与からまる3週間

3週間が経った。

通常でいけば2回目を打つ日である。

毛は、「2回目を打つときには抜けてる」と仲間たちが言っていたがそのとおりだった。

ちょうど3週間で二回目の抗ガン剤をやるほうが、治療効果は上がる、らしい。倒れた細胞たちが元気に起き上がってきた頃、に、叩く。

しかし私は、二回目を10日ほど先に延ばしてもらった。

自分の体力に自信がなかったし、小田和正さんの「クリスマスの約束」にどうしても行きたかったからだ。

いまできることは、一日一日を大切に生きること。

夜、立花隆さんのドキュメンタリをみた。

「NHKスペシャル　立花隆　がん　生と死の謎に挑む」自らガンを発病した立花氏の思索の旅路。

人類はガンを克服できるのか？　転移はなぜ起きる？

ガンの謎に迫る立花さんの姿はチャーミングだった。ご自身のからだもたいへんだろうに、なんだか楽しそうでさえある。本当に仕事が好きなのだろう。

3億年前に生きた恐竜にもガンがあったというのはおどろいたし、生命の進化そのものとガンという病いに深いかかわりがあるというのは面白くみた。

そしていまの自分をかえりみても思うのは、ガンは終わらないだろうということだ。生きていること自体がガンを生むし、ガンにならないほうが奇跡だし、朝があって夜があるように生と死があり、人類が続くかぎり生老病苦があるようにガンもなくならないのだと思った。


こうして私は3週間で坊主になった。


人間のからだはこの上なく貴重で、全世界にもかえられないものではないか。

身を慎み、生命を大事にするのは、人間最大の義務である。

（貝原益軒）

8 毛のない生活 2

家にこもり、もう何日も外に出ていない。
会社に行っていたころには考えられないが、ずっと家にいるのも悪くない。
部屋を意味なくウロウロし、作り付けのクローゼットを開けてみる。
ぎゃあ。私が二十年かけて溜め込んだ衣類のなだれにおしつぶされそうになる。
もう私はキャリアウーマンではないのだから、こんなに服はいらないぞ。
着ていく場所もなければ髪もない。
大金をつぎこんだベルサーチのスーツもぜんぶダボダボになった。
だいたい日本から撤退してしまったではないかベルサーチ。
まぼろしだったなあ。
すべて終わったことだ、と扉を閉じる。

雨風がしのげて、あたたかいごはんをいただけて、あたたかいふとんで眠れる。なんとありがたいことでしょうか。

これ以上の幸せを、やたら求めちゃいけないなァ……とつぶやいて、ふとんにもぐる。


黒岩比佐子さんの『食育のススメ』(文春新書)を読む。

黒岩さんは、編集者時代の友人で、ノンフィクション作家だ。

「四十歳までは誰でも小児時代勉強時代と心得なければならない」

それまでは不養生で病気になったり事業の上でも無理をして生涯の大失敗を招く人が多い、四十を超えてから初めて社会の大人になれるという。

明治のベストセラー「食道楽」のなかで、登場人物に言わせている著者・村井弦《げん》斎《さい》の考えである。

明治期でいえばすでに「初老」の私であるが、生まれたての子どものようだと言えなくもない。毛も生えていない。

五木先生の『親鸞』にも書いてある、人は何度でも生まれ変われると。

入院時の日記3

プラス3回の抗ガン剤

2回め抗ガン剤投与決行（2009年12月1日〜）

1回めのFEC治療からひと月がたち、2回めを打つべき時は過ぎている。

それでもまだ私はどうにか逃げ出せないものかと考えていた。

まる1カ月を抗ガン剤の副作用に捧げた11月が終わり、師走《しわす》を迎えた街はクリスマスムードでいっぱいだ。

あんなに気持ち悪く、具合の悪い日々はまっぴらであるが、ここで治療を投げ出して、この坊主あたまで年末をどう過ごそうか。

デートも忘年会も、ない。

誘われたとしても行きたくない。

いまの私はなんにもしたくない。

だったらやるべきことをやったらどうだろうか。


ＦＥＣ治療は４回～６回でワンパック。１回きりでやめたら、１回めの苦労が水の泡とは言わないが、回を重ねることで効果を出すものなんだそうで、先生たちも、ガン仲間も、誰にきいてもぜったいやったほうがいいと言う。

最低、４回はやるべきだと。

けっきょく私は折れることにした。

とにかく２回めは受ける（できたら２回でやめたい）。


やることは初回とまったくおんなじなのだが、最初のあまりにすさまじい副作用に参り、私は野生動物のテンのように用心深くなっていた。

２回めを受けるにあたり主に変更したのは、投与前の食事である。

投与前日と、当日の朝・昼ごはんを大幅に減らした。1回めは食べ過ぎていたと思う。

吐いたショックでまた吐いてしまうというような量だった。

ちよかちゃんが、「吐いても気持ち悪くないものを食べるのよー、フルーツゼリーとか」とアドバイスをくれたので、そのとおりゼリーを食べてのぞんだ。

これはたしかに効果があり、吐いても少しラクだった。

食事減らしのおかげで、初回より1日早く、食べられた。

すると抗ガン剤後のステロイド剤（デカドロン）を経口でとれるので、点滴しなくてすむ。すると点滴のための注射針が早く抜ける。したがって1日早く退院することができる。

退院後7日めに病院に行き、白血球を増やす注射（グラン）をうってもらう。

前回のデータでだいたい個人の白血球の減り方がみえているので、それによって先生がグランの量とタイミングを判定し注射。

私の場合は、7日め、8日めに打った。これでしばらくおとなしくしていれば、無事に過ごせるのである。

口内炎も、今回はできなかった。看護師さんのすすめで、抗ガン剤投与の最中《さいちゅう》に、氷を舐《な》めて口のなかを冷やしていたのも、効いたのかもしれない。

初回は脱毛という一大イベントがあり、風邪もひいたりして辛かったが、2回めはだいじょうぶ。

白血球が安定してくる頃……抗ガン剤を入れてから2週間もすれば、おいしく食事やおでかけも可。ふつうの人として暮らせる。

ふつうの暮らしは、なんてすてきだ。

副作用のひどかった私でさえそうなので、副作用があまり出ない人は、もっとだいじょうぶ。

自覚症状のない白血球の減少にだけ注意していれば、健康人となんら変わりなく過ごすことができる。

それでも私の場合は、7日すぎても、10日すぎても、ときどき気持ち悪くなった。そんなときはプリンペランだ。これがさわやかに効く。

何回か使ってみて小さいのにすごい奴だとわかった。副作用も少ないときく。

2回め投与の日々は、こうして、プリンペランを服用しながら、変わらず食事に気をつけながら、外食も楽しんだ。大好きなタイやインドなどのエスニックの店にときどきでかけた。それから、少しお肉も食べてみた。動物の味がした。

3回め抗ガン剤投与決行（2010年1月6日〜）

また私は逃げようとしていた。

だが結局、折れた。

年末に入院し、新年を病室で迎える予定だったところ、風邪をひいて少し延びた。体調が万全じゃないと入院できないなんて、わけがわからない。病院のおせち料理を食べ逃したのは少々残念だったが、お正月実家でゆっくり静養できたので、白血球はバッチリだった。

赤い薬、こわい。

すでに2回やったのに、まだ慣れない。肉も骨も叩き切る赤い注射は猛毒だ。

2回め同様、前日と当日の食事を減らし、当日はほとんど食べなかった。夕方クスリを投与し、深夜に烈しく嘔吐したがやはり食事を少なくしたら楽なようだ。まる2日、果物だけで過ごし、根性でデカドロンをのんで強引に退院した。

ふしぎなことに、髪が生えてきた。睫毛も眉毛も抜けていない。家に帰って計ったら、体重も落ちていなかった。やはり日頃の食事が効いていると思う。

水をがぶがぶ飲めなくなった。

しかし、これが正しいからだの状態なのかもしれない。いままでが飲みすぎ。うちのニャンキーだって、ちょっとずつしか水を飲まない。

野生動物に学ぶことは多いと、たしか以前骨折したときも思った。

抗ガン剤をやることは苦しいが、生活習慣の問題点などが浮き彫りにされるようなところがある。

これは毎度感じたことだが、抗ガン剤後のからだは、ほんとうに必要なものしか求めてこない。

私のからだはおそらく、抗ガン剤でそうとうリセットされた。

まともな自分。

本来の自分への回帰。

4回め（最終回）抗ガン剤（2010年1月29日〜2月1日）

退院して実家に戻った私の顔をみて父が、「修行を終えた尼《あま》さんだ」と言った。

髪は抜け落ち、目は落ち窪《くぼ》み、痩せ細っている。

父はさらに、ユニクロのシマの上下を着た私に「パピヨン」とも言った。

最終回は吐き気がきつかった。

前日から食事を減らすなどこれまでのノウハウを生かしてのぞんだが、敗因はこしばらくの生活習慣にあったと思う。このところ人に会うことが多く、禁じていた物をついつい食べていた。

10カ月ぶりにシュークリームとチョコクッキーを食べた。このときのシュークリームの甘かったことといったら！ ほんとうにおどろいたものだ。


吐き気がきつかったが、私は退院した。退院して、嘔吐をおそれず、がつがつ食べた。

この3カ月でたくましくなったと、自分でも思う。

現状を変えたくとも、動かないときは動かない。

だが、するするっと、力をいれずとも動くときは動くものだ。

会社にいた頃は、いくつものことを並行してやっていたので気づかなかった。いや、私自身が変わったのかもしれないが、何かがやってくる気配が、いまならわかる。

体力が戻ったらやりたいことがいろいろある。それに思いをめぐらせるのは、じつに楽しい時間だ。

ちっとも運動せずに食べては寝る生活を繰り返して、筋力がすっかり落ちてしまったが、また走ってみたいし、旅行もしたいし、そこでいろんなものを食べたい。

そのためにはまた稼がなければ。自分に力をつけて、どんな時代になろうとも。

第4章

毛のある生活

9

欠席、可。

私が寝ているあいだも、みんなは働いていた。

このところたてつづけに、私が途中で手放したものたちが仕上がってきた。

自分が担当した小説で、映画化のために長く動いていたものが二本あった。その二つとも、映画が完成した。

それから、声をかけていた書き手が、「やっとできました」といって小説を送ってきてくれた。

これらは、私がいなくなったにもかかわらず、仕上げられ、そのうえ私に感動をくれた。

水遣《みずや》りを放棄したのに、花は届けられた。

花があまりに綺麗なので、種まきの頃の苦労や、嫌な思いをしたことは、ぜんぶ吹っ飛んだ。

ある時期、真剣に情熱をかけたものは、たとえそのあと何かのタイミングでほかの人の手に渡ったとしても、あとでちゃんと自分を幸せな気持ちにしてくれるということがわかった。

会社員時代の私は、ものごとの過程すべてに張り付いていなければ、ツキが離れるような気がしていた。

つねに出席していないと、不安だったのである。

いまは、違う。

自分の手に来たときは感謝してあたためため、育て、あるとき自分から離れていく。

それは中途半端でも挫折でもないということがわかったいまは、何事にもビクビクしないで済んでいる。

10

毛のある生活

湯船に浸《つ》かりながらゆらめく陰毛を見つめている。

人体のふしぎ。生命のふしぎ。

いったん私の全身から絶滅した体毛が、ふたたび芽生えている。

頭髪は自分では見づらいのだが、睫毛も眉毛も、濃く、力強く、これもすべて私の血でできているのかと思うと泣きそうになる。

毛の復活とともに、私はちょっとやる気になってきた。

前はなんかつらくて見れなかった「幻冬舎出版目録」を引っ張り出し、自分の作った本にマルをしてみる。

自分のだけでなく、本のタイトルごとに仲間たちの顔がうかび、大変だったけれど皆一丸となって働いた、楽しかった会社員時代がよみがえってきた。

「ワイド！スクランブル」で中西哲生《てつお》さんがサッカー、デンマーク戦での日本の勝因はずばり「一体感」だと語っており、中西さんの手書きの「一体感」との文字を見て、懐かしいようなふわっとした気持ちがこみ上げるとともに、ひんやりとした異国の空気が、流れ込んできた気がした。

デンマークの首都はコペンハーゲン。

私が子どもの頃、父は世界中を飛び回っていた。

主に当時のソビエト連邦と貿易をしていた父から、コペンハーゲン、アンカレッジ、ストックホルムといった地名をよくきいた。

東西冷戦でソ連はシベリア上空をどこの国にも開放していなかったので、日本からモスクワへ行くにはまず羽田からアラスカへ、ホッキョクグマの上を通ってデンマーク、スウェーデンと三カ国を経由しなければならなかったのだ。

遠い国に、また行きたくなってきた。
私の血が、よみがえっている。
いろんな記憶を、思い出している。

11 一年検診の日

一年検診の日の朝を、すがすがしい気持ちで迎えた。

六時起床。前の晩は九時に寝た。

腹エコーの検査があるので朝ごはん抜きで病院に向かう。

便は保冷剤で丁寧にくるんで、実家から持ってきた。

私の独り住まいのマンションには冷蔵庫がない。

久しぶりの病院、相変わらず人が多い。

ここにいる人々はみな、何かしら患《わずら》っている。

すでに自分とは遠い出来事のような気がする。

抗ガン剤をやめて、いったん倒れた私の細胞たちは、ぞくぞくと立ち上がってくれているはずだ。

そう信じて、病院のなかをぐんぐん進む。

もう私は病人ではない。だからぐんぐん進む。

受付、採血、便と尿の提出を済ませて、腹エコー、胸のレントゲン、コツシンチの検査のための注射をやって、お昼ごはん休憩。

午後にコツシンチをおこなった。

コツシンチは痛くも痒《かゆ》くもない。二、三十分寝ているだけである。

レントゲン、コツシンチは地下で、この階には放射線治療の部屋もある。

地上から一階分下がっただけで、シンと暗い。つめたい鉄に囲まれた、光のいっさい入らない場所。

昨夏、ひと月半にわたって、毎日この地下室に通っていた。

一日一分、放射線を患部に照射する。全三十回。

たった一分のために、土日をのぞく毎日、病院に通う。あいだをあけると放射線治療は効果が出ないんだそうだ。

連日の通院でくたくたになるが、毎日決まった時間に行くので、この放射線治療でたくさんの友だちができる。

「暑い暑い！　帽子なんかかぶってられない！」と坊主アタマで地下室に集まってくる仲間たち。

いまではみんな治療を終えて、それぞれの道に戻っていった。

先日、嬬恋村《つまごいむら》で農業を営んでいる放射線同期生のかおるちゃんから、とれたてのキャベツが届いた。

大汗をかきながら、その甘さを噛《か》みしめる。

放射線治療は、名前は恐ろしいが実際受けてみると痛みがなく、手術や抗ガン剤に比べるとだんぜんやさしい。

私の場合はガンのあった場所、右胸の上部と腋のリンパ節を大きく切り取るように照射された。

肌が日焼けする（時間がたてば治る）。

照射の位置がずれないように赤紫のペンで肌に直接印を付けるのだが、その印が刺青《いれずみ》のようでやや怖い（石けんで落ちる）。

その二点を除けば、痛みや傷のない、ありがたい治療法である。

ある本によるとタマゴを食べるとよいそうで、放射線治療中、私は毎日タマゴを食べていた。

それが効いたかどうかは、わからない。

そもそも放射線治療がどれほど効いたのかも、わからない。

いってしまえば、私の受けてきた治療、のんできた薬、自分で研究し実践した食事療法、すべて何がどう効き、効かなかったのかは、わからない。

ただ、いまわかるのは、病気になるときはなるということ。

起こるときは、起こる。

そのときに何をどう選びとるかは個人の自由で、そこで落ち着いた選択をし、選んだら、気の済むまでそれとちゃんと向き合うのである。

12 電車を降りたい

電車で作家に会いに行く。

以前は日常であったこの用件、出版社を辞めてだいぶ経ってしまったいまの私には大イベントだ。

実家でゴマアザラシの様子でソファーに寝たまま動かない私に、父が言う。

「休んでばかりいると仕事のカンがどんどん鈍って、二度と仕事ができなくなるで」

そんな私が動き出した。

襟付きシャツに細身のスーツというかつての仕事着に身を包む。

「お、やる気出てきたな～、そりゃけっこうですな～ワッハッハ」

と、父にひやかされて、久しぶりの外出。

駅につくと、電車が来るまであと五分。
打ち合わせの相手の著作を読みながらホームに立っていた。
ふと顔を上げると、隣に並んでいた人が、いなくなっている。
あれ、いない？　と思い、再び本に目を落とした。
……。
……ん？
電車がすでに行ってしまったことにがくぜんとする。
乗れなかった。あり得ない。
電車の音、駅員さんのアナウンス、人々の乗降《のりおり》の気配……そのどれかには気づきたい。
落ち込みながら次の電車を待った。
その間、ながく感じた。
もしかして次の電車にも乗れないんじゃないか？
このまま永遠に、乗れないんじゃないか？

社会に適応できなくなった自分、
世の中の人々の目に入らない自分、
かげろうのような存在の自分、
しかし、こんどは乗れた。
席に座ってふと手元を見ると、シャツの袖口《そでぐち》のボタン計六個のうち五つが取れている。
ひさしぶりに靴箱の奥からだしたグッチの靴もぶかぶかで、そうなるともう何もかもが、嫌になってきた。
やっぱり休んじゃだめなのか……
自分がひどくみすぼらしい気がして、電車を降りたくなった。

13 明日死んでも平気!!

資料を探していて、昔、自分が編集部員をしていた頃の「月刊カドカワ」をひっぱりだしてきた。

一九九三年二月号、巻頭特集・小泉今日子。

インタビューでキョンキョンが、映画「病は気から　病院へ行こう2」について語っている。

「今回は、ガンの女の子の役だったんです。でも私の役作りのなかでは病気の女の子の役を演《や》ってるっていう意識は全然なかったですね。(中略) それよりまず先に女の子がいるという感じ。その女の子がガンになったらどうなるのかという心理状態のほうが私にとっては重要なんだと思った。なんかこう、死と向き合う病気というすごくいいきっかけを与えられてしまうと、逆にその本人は自由に泳いでみたいと思うんじゃないかって。もちろん捨て鉢みたいな気持ちやヤケになる感じもあると思うけど、負けず嫌いな気持ちも勝ってくるんじゃないかなって。体も弱ってるし頭が普段より忙しいのに気持ちよく頭が回転してる状態。そういう状態になって、ちょっと気持ちいいっていう感じを出したいと思いました」

これはまさにガンを所有した私の感覚、それを、二十年近く前に女優キョンキョンは直感的に知っていたことになる。

インタビュー記事に私がつけた見出しは、

「私でなくていいのならやらなくていい」

無機的に並んだ活字は書いた私自身に向かって何かを訴えかけてくる。

「月刊カドカワ」巻頭特集の扉ページには、毎回、特集の人の手書きの文字を入れていた。

明日　死んでも　平気!!

小泉　今日子

スケッチブックを現場に持っていき、その場で書いてもらったものだ。
なつかしい雑誌の匂いを嗅ぎながら、キョンキョンのことばを抱きしめた。

14

黒岩さんに伝えたかったこと

毛が生えそろい、久しぶりに生理もやってきて、これで禊《みそぎ》は終わりかと油断していたら、歯が痛み出した。

慌てて歯医者に行くと、これはクスリの影響を受けて歯が弱ったせいだろうということだった。

抗ガン剤で口のなかがボロボロになると言われていた。

抗ガン剤治療に入る前にすべての虫歯を治して、完璧なゴーサインをもらった私でさえ、こんなことになっている。

抗ガン剤を中止して半年以上経っても、副作用はガンそのものと同じで追ってくる。

自分をしっかり持たなければならない。

抗ガン剤の最中といえば、脱毛と嘔吐と高熱に見舞われた、激動の日々だ。

友人知人に、近くから遠くから、支えてもらった。

なかでも同じ病気の友だちには、本当に助けてもらった。

みな闘病を終えてそれぞれの世界に戻って再び活躍してほしい――そう強く願っている、仲間の、大事なひとりを、見送った。

黒岩比佐子さんとは出版社の仕事で知り合い、私が左足の粉砕骨折で入院したときも、助けてもらった。

巧みな文章力と粘り強い探究心で、人の仕事をしているときも素晴らしかったが、ご自身の作品を出すようになって彼女はさらに輝きを増していった。

久しぶりだったがお互いガンとわかり再会した私たちは、薬膳カレーを食べながら、代替療法の話に花を咲かせた。帯津先生や済陽《わたよう》先生の本をどう読んだかなど、いくらでもしゃべることがあった。

食事制限をしてるからケーキはダメだけどアンコならいいよねー、と言って向丘《むこうがおか》を歩き回り、和菓子をふたつ買った。

マクドナルドに持ち込んで（ごめんなさい）ホットコーヒーと一緒にいただいた。禁断の甘さ、そのおいしかったことといったら！

私たちはそのように厳格な食事療法を研究していながら、抗ガン剤治療を受けていた。

自分ひとりではどうにもならない、自分の苦痛は地球の修行の一部だというようなことを私は考えていた。その話を黒岩さんにまだ聞いてもらっていない。

刊行されたばかりの渾身《こんしん》の著作『パンとペン』の二刷の刷り出し（本の元の紙の折）を枕元に息をひきとった黒岩さんは、思いを残しているように見えた。

決して安らかとは言えない、まだまだ書きたいことが、伝えたいことがある、そう叫びだしそうに、私には見えた。

15 小さくなる

年賀状が減った。

プーなのだから当然といえば当然だ。

顕著なのはDMの類いである。

「こいつに宣伝してもしかたないだろう」と思われて、私の名前はデータから削除された。

べつによろしい。というか、思えば会社にいた頃の年賀状の量、どうかしている。お世話になった方々の、心のこもったメッセージももちろん多くあったけれど、あのなかでどれほどの人といまも繋がっているだろう。

時代もある。勤め人に聞くに、エアコンが止まっただの、コーヒーサーバーが撤去されただの、ランニングコストを抑えるために「なるべく仕事をしないでくれ」

と言われたりもするそうな。

働きの乏しい人にハガキを出してる場合ではないだろう。

先進国経済は破綻に向かい、日本はいよいよおかしくなっている。

なるようにしかならない、と思う。でも、いまできることもあろう。

我が家に積まれた本の山を眺めながら、成長、拡大、増殖のメッセージはもうたくさんだと思えてくる。

いっそのこと。「小さくなる」のはどうだろう？

焦ってはいけない。

自分の小ささを知る。

そして究める。

しっかり屈《かが》んで、大きくジャンプするのだ。ピョーン！

第5章

まだ何も始まっていない

16

抗ガン剤をやめて　1

心が深く傷ついたとき、ずっとあとになって、わかる。

そして時間がたってもその傷は決して癒えてはいなかったのだと、わかる。

じわじわと、じつに悲しかったのだと、思う。

いま、私が自覚している抗ガン剤の副作用も、そんな感じだ。

抗ガン剤治療をやめてもうすぐ一年が経つが、今頃になって、あのクスリがいかに強いものだったかを感じている。

やめた直後は、つねに付き纏《まと》っていた嘔吐感から解放されただけで、楽園だと思った。

もう自分は自由で、これからまた何でもできる、治療は辛かったけれど、この体験を生かして、また仕事も頑張ろう、いくらだって、まだまだやれる、そう思っていた。

しかし、そう希望に燃えていたのに私は、張り切って何かやろうとする度に、足止めをされるように、倒れた。

やる気はあるのに、体がついていかない。

悲しかった。

起き上がる度に倒れることに、私は疲れ始めていた。

最近になってようやくわかった。

抗ガン剤は、いまもしっかり効いている。

効いて私の体を守ってくれているとともに、副作用もずっと続いているのだ。

吐き気がなくなり、髪が生えても、終わっていない。

このことに、私はいつまで向き合わねばならないのだろうか？

17 何か大切なもの

中国自動車道を走っていたら、牛と目があった。

彼は大型車に乗せられており、よく見たら荷台には大勢の真っ黒い牛が行儀良く並んでいる。

私と目があった彼がいちばん先頭で、顔がはっきり見えたのだが、じつに愛らしい表情をしていた。

やや顔を上げて、なんだか希望に燃えている感じだった。

すごく可愛がられて、大事に育てられたのだろう。

本当に愛されていなければ、あんな顔になるわけがない。

彼の明るい顔は、牧場の外に出て、「これからいったいどこに行くのかな?」と楽しみにしているようだった。

私が肉食をやめて二年が経った。

あらゆるガンの本に肉食をひかえるべしと書いてあったのでやめたのだが、ほんとうに効いたのかはよくわからない。しかし慣れてしまえば、牛を過去に食べていたことがふしぎですらある。

病気になる以前は私もお肉をいただいていた。さまざまなお料理で美味しさを味わわせてもらった。

しかし口蹄疫《こうていえき》はじめ世界中で起こっている肉食にまつわる問題に、何か私たちが根本的に見直さねばならないものがあると考えさせられている。

肉食には世界でさまざまな習慣や考え方があるが、動物たちの大量死をもって、自然界は我々に問いを投げ掛けているように思う。

「そんなにたくさんお肉が必要ですか?」

命を大切に、死は少なめに。

そしていただくときには残さず、ぜんぶいただく。死を無駄にしない。

感謝して、いただく。
それを忘れずにいれば、誰も病気になどならないだろうか?

18 抗ガン剤をやめて 2

二十世紀、私たちは大量に物をつくり、消費し、血を流した。

二十一世紀が始まって十年ほどが経ち、いまはさまざまな摩擦や地球の変化に耐える過渡期であるかもしれないが、これから先はもっとおだやかであたたかい社会となるだろう。

ビジネスのかたちもコンパクトな、個人商店、物々交換のようなスタイルをとる時代となり、家族や町の支えあいの大切さが見直されるだろう。

私がガンになり、ガン治療を経験して思うのは、生き方を変えるのはめったにできないということだ。

決定的な何かでないと、人は変われない。

あたたかく、支えあい、まじめな人がいちばんになれる、日本のよさ、日本人のよさ、を大切に、力をあわせて生きること、それが世界の平和にも繋がっていくと信じている。

私が放射線治療を受けていたときも、抗ガン剤治療を受けていたときも、白血球が急激に下がり、リンパ球が損なわれ、からだはボロボロになると言われた。じっさいそのような危機があったにせよ、いまも私は生きている。

ネットや本にはさまざまな情報が出ていた。専門家の意見に耳を傾けるのももちろん大事だが、クライシスにはまず自分の身体感覚で選択することを優先させよう。自分の感覚がいちばんの主治医であるということを、私はガン治療で学んだ。

胸部のガンと転移していた腋のリンパ節の除去手術、放射線治療はまっとうしたが、抗ガン剤治療は途中でやめた。

苦しくてどうにもならなかったということもあるが、「やめなくては」と、思ったのだ。

あのとき、自分以外の誰が、その感覚を知ることができようか？　神様以外、知りようがない。

抗ガン剤をまっこうから否定し、拒否する、ことをしないでよかったとも思っている。

抗ガン剤治療をまったく受けなかったとしたら、おそらく私のガンは全身をかけめぐり蝕《むしば》んでいたと思う。これも自分の感覚なので、抗ガン剤をおすすめしているのではない。

抗ガン剤を受けた時期、やめた時期、どちらも〝あのタイミング〟でなければあり得なかった、と思えるのは、自分の身体感覚以外の何ものでもない。

乗り越えられない経験はやってこないし、経験から逃げようとするとどこまでも追いかけてくるから、なんでも体験するし、とにかく生きよう。みなさん一緒にがんばりましょう。

19

地球は生きている

自分のからだがそうだったように、地球も病気をしているのだなと思う。
それを治すために、いまがんばっている。
一人ひとりが、地球の細胞だと思って、立ち上がろう。
自分イコール地球なんだと。
場合によっては、毒をもって毒を制する必要もあるかもしれない。
いや、毒は使わないにこしたことはないのだが。
毒をもっても、細胞はちゃんと修復される。
人生だって、辻褄《つじつま》があうようになっている。
地球は生きている。
一生懸命、バランスをとっている。

20

終われば大丈夫

子のないことを私は気にしていなかった。

さまざまなことをがんばってきたし、これでいいのだと思っていた。女性に生まれてきたけれど、この年までその縁に恵まれなかったのだから、おそらく現世においての私の勉強は子育てにはなく、その他の課題に取り組み精進すべしということだと解釈していた。

ずっと忙しかったのであまり考えていなかったというのも正直なところである。だがガン発覚で、はじめて選択を突きつけられた。

「抗ガン剤は生殖器を攻撃します。もし今後子どもをのぞむのであれば、卵子保存という方法もあります」

そうコアラに言われたときは、やや動揺した。

見ないようにしていたものを、見るようにとのこと。

もうないかもよ、と言われてはじめて考えた。

しかし、おなかに針を刺して卵子を取り出して冷凍保存するなんて、そんなおそろしく不自然なことをしないと出会えない子なら、やっぱりいいやと思い直した。

抗ガン剤をうつ直前になって、コアラは再びその話を持ち出した。

「卵巣を守るやつ、やったっけ?」

「いえ、先生、私はもう年も年ですし……」

とごにょごにょ言ってると、

「まあ、そう言わずに。いい薬だからさ、やっとこようよ」

と、コアラは半ば強引に私のおなかに注射をした。

このホルモン治療の影響で、からだがとつぜんカッと熱くなる、ホットフラッシュと呼ばれる症状に一時悩まされたが、治療を終えてからはしだいにおさまり、婦人科検診も受けたが、子宮、卵巣とも問題なく、おかげさまで無事にすごしている。


再発はこわいけれど、したらしたで、またがんばるしかない。

何度でも復活しよう、そうしよう。

このあとの人生に何が起ころうとも、なんでも経験しよう。

なにがあるかわからないから、いいのだ。


抗ガン剤の情報にはさまざまな角度からおどかされた。

歯がガタガタになる、爪がぐにゃぐにゃになる、足が痺《しび》れて歩けなくなる、といった情報が、いっとき私を混乱させた。

たしかに、残念ながらそのような症状が出てしまった患者さんもいるにはいるが、皆がなるとはかぎらない。皆がなるとはかぎらないものにいちいち怯《おび》えていては、前へすすめない。

抗ガン剤とはひどくおそろしいものだと、いやというほど聞かされて、たしかにたいへんではあったが、じっさい終わってみると、ちゃんと回復することも、実感している。

食事はとにかく大事だ。

それから、けっしてあきらめないこと。

よくなるんだという強い意志。

手術の傷も、放射線治療の日焼けのあとも、きれいになった。四十肩のような症状が一年ほど続いたが、右腕の後遺症もかなりよくなった。髪もちゃんと生えてくる。睫毛も眉毛も前よりくっきりと濃い。

本に書いてあることや友人の体験談も人それぞれなのでいちいち自分に当てはめる必要はない。

医者や研究者は、最悪の事態を耳に入れるのも仕事だ。
それはきいておいて、で、自分はどうするか。
身体感覚を優先させて、選択していけばいい。

すべてを気にして憂鬱になることはない。

「私は私」。そう思っていればよい。

21

これまでと違った生き方をするんだ

これがアップされる頃には終わっているのだが、秦建《はたたけ》日子《ひこ》さんの秦組公演「らん」という舞台に出ている。演奏で。

劇伴の生演奏だ。クラリネットとサックスを吹いている。

乳ガンの手術を受けたとき、もう楽器を吹けないと絶望した。

右胸の上部と腋の下をざっくり切ったため、麻酔から醒めたベッドの上で見た私の右手は巨大に膨れ上がり、細く真っ直ぐだった手指も直視できないほど醜《みにく》くなっていた。左手で触れてみると、感覚がなかった。

子どもの頃から続けてきた楽器が、できなくなる。

十年前、左足を骨折したときも、もうエレクトーンを弾けないと思った。

足の次は手か。

どうして私にはこんな試練があるの？

ところが現在、私は楽器を吹いている。

演奏に関しては強引に復帰をした。

当然指はまわらないし、思うように楽器を扱えなくなってはいたが、それを突破する、何かしら大胆な吹奏力が自分に備わったような感覚をおぼえた。

それに近いことが、きっと大病や大怪我をしたひとにはみんなあるんだろうなと、勝手に思っている。

会社を辞めるんだーという話を秦さんにしたとき、「じゃあこんど、ぼくの芝居で吹いてくださいよ」と言ってくれた。

退社にまつわる心労でヘトヘトだった私は、この言葉に救われた。

編集者を辞めたら、もう自分は誰にも必要とされないのではないか？

じっさい、編集者でなくなった私に、差し当たった用はないだろう誰も。

会社を辞めたら、まったくちがうことをやるって、アリなんだ。

「らん」は大事な作品なんだと秦さんは言った。

私も参加させていただくからには、全力で取り組もうと思った。

初演は、二〇一〇年七月だったのだが、当時、私は抗ガン剤を中止したばかりだった。

体力はなく、髪はまだ生えておらず、カツラをかぶって稽古場にひと月半、本番の一週間は六本木・俳優座に通った。

ひときわ暑い夏だった。

毎晩、公演を終えて、俳優座を背に東京タワーに向かって歩く。

ひとりになった部屋でカツラを脱いだときの爽快感といったらなかった。

そして約一年後の再演「らん」に、私の髪は蘇っている。

風が吹いても、雨が降っても、大丈夫。

右腕も去年より動きがいい。

だから稽古も本番も元気だ。

治療は過酷だけれどガンは血液の病気で、見つかったなら、死なずに済んだのだと喜ぼう。そして死なずに生きているのだから、きっと何か使命がある。

そんな自分は、宇宙の中の地球の、地球の中の日本の、日本の中の日本人だ。

「頑張っていれば、必ず誰かが見ている」

私もそんなふうに、たくさんの人たちに見守られてきた。

どんなに忙しくてもやめなくてよかった。情熱を持ち続けたことが、ずっとあとになって新しい世界を授けてくれる。

「らん」のなかで、臆病な男〝イタチ〟が言うセリフを胸の内で繰り返す。

「これまでと違った生き方をするんだ」

「らん」の生演奏、全十一公演を完走できたならそのときは、それをもって私は新しいスタートを切ろう。

別々に起こったことが、繋がっていたとわかる瞬間は人生の醍醐味《だいごみ》だと、今日も一音ごとに心を込めて、楽器を鳴らそうと思う。

22

二年検診の日

今年もかおるちゃんから、キャベツが届いた。

この夏の出来はばつぐんだったのだそうだ。

かおるちゃんは放射線治療の同期生で、嬬恋村《つまごい》で農業をいとなんでいる。

「去年は手術後の浮腫が出てしまい仕事ができなかったけど、今年は私も畑に出ることができました。自信作です」

かおるちゃんの新鮮キャベツをほおばって、病院へ。

二年検診の日。

一週間前に出した血やら便やらレントゲン、エコーの結果、そして主治医の触診を受ける。

ちょうど一年前、私はもう治ったのだと自信満々に病院の廊下をぐんぐん歩いた。あれからなんだかんだ、心身ともに堕ちることが多かったものの、

「三年目からぐんとラクになります。乞うご期待♡」

最初に治療のアドバイスをくれた先輩Aさん（本書三二頁参照）の年賀状にあったとおりだった。このところようやっと、穏やかな日々が訪れている。

二年検診の日。

ぶじに「異常ナシ」との診断をもらった私は、その足でさくらももこさんちに行った。ごはんを食べて、ワインも少しいただいた。

リビングの机にはももこさんの文庫の新刊が置いてあった。

中身は絵日記で、かつて私が担当編集者として出版した本を、別の編集者の方が編み直して、文庫本にしたものだ。

「欠席、可。」

私たちは久しぶりに夜遅くまでしゃべった。

23

人生はこれから

「まだ何も始まっていない。人生はこれから」

亡くなった祖母の声を聞いたのは、辞表を出すと決意した日だ。


あの日私は原宿の「龍の子」にいた。

ひとりお昼を食べに。

「まだ何も始まっていない」

そうかそうか。そうなのか、と胸のうちで何度も繰り返す。

四川麻婆豆腐が胃に沁《し》みてくると、涙が止まらなくなった。


年配の女性がひとりで来て、私の目の前に座った。

白髪のショートカットで、とてもきれいな人だった。

長く仕事をしている女性なのだろう、泣いている私のほうは見ずに、手元にひらいた手帖に目を落としながら、あたたかく、そこにいてくれたと思う。

彼女には、すべてお見通しな気がした。成功も、挫折も、何もかも。

食事を終えて、地下にある「龍の子」から表へ、階段を上がると、もう違う自分が始まっている気がした。

これからあたらしい世界がひらけるのだと思うと、目に入るものすべてがまぶしかった。

私はこのときまだ気づいていなかったのだ。絶望は希望を連れてくるということを。

病気と寿命は別ものだ。

命あるかぎり生きて、いつか「龍の子」のあの女性のように、見知らぬ若者を黙って励ましたい。

エピローグ

老木をめざして

都心に住み、高級外車を乗り回し、ＧＩ値の高い食事を好み、ハイブランドのスーツを着ていた。

したがって退社時の貯金はゼロで、退職金はいただいたが、ガン治療は高額で、お金はみるみる減っていった。

この春で会社を辞めて三年、そのあいだ、ある時期重病人でいまも半病人である私に、書籍の編集や文章の注文をくださった出版社、レコード会社の方々に頭が上がらない。年を越せたのも皆様のおかげである。

独立してやっていくというのはたいへんなことだ。

お金について考えるとき、やっぱり神様はいるなあと思わずにおれない。

やった分しか入ってこないし、やった分は入ってくる。その時の収入にならなくてもあとから別のかたちで恵まれたとき、これは誰かが見てないとありえない、と思うのだ。

会社時代と違って一人で仕事してれば私以外知りようがないわけで、だから神様はいる、そう確信するようになった。

収入が多くあったとき、それはものすごく頑張っていた結果、しかしその生活は体に負担をかけることがあるし、贅沢は内臓をただれさせる。因果応報。


何者でもないのは不便だという話を前にかいた。

会社に守られていたことを、会社を辞めてわかったという話である。

しかし考えてみればもともと何者でもないわけだし何者かということなどいまとなってはどうでもよい。

「私は何者でもない」

そういえば小川洋子さんは二十代からずっとそう言っている。

〝小川洋子の仕事〟は授かったもので自分は全く何者でもなく、何かにたとえるならその辺の木がよく、自分は老木のようでありたいのだと。

書評家の豊崎由美さんが、私の退社後、「これからは〝ミルコスペシャル〟をやればいいんですよ」と言ってくださった。

ひとのつながりとはじつにありがたい。闘病中もその言葉に支えられてきた。本来きっと誰もが、〝自分スペシャル〟をやるのがいい。

他の誰かに「君のスペシャル、いいよね」と言われ、そのスペシャルを何者でもない老木として世の中にお届けできるようになったとき、ひとは初めて一人前になれるのかもしれない。

神様は、見ている。

あとがき

抗ガン剤をやめて一年半で髪の毛はほぼ元通りになりました。

髪質が変化しながら生まれ変わっていく、そのプロセスも刺激的でした。

毛は、自分がどんな毛だったか、なかなか思いだせなかったようで、初めは間違った感じで生えてきました。

一生懸命思いだしながら、迷いながら、自分探しをしながら生えていき、ようやっと本来の毛質を取り戻しました。それにはそれなりの時間が、やっぱりかかったのでした。

そして〝毛のない生活〟以前より、ちょっぴり強く、たくましい毛に、なっていました。

「ミシマガジン」に毎月一回、およそ三年にわたり、地道に書いてきたことをこうして本にまとめていただけることになり、感謝の気持ちでいっぱいです。

毛は血だなあと、思います。

とくとくと流れる、血。全身をめぐっている、血。人びとを繋ぐ、血。

毛をいったん、完全に失った体験は、指詰めのようであり、禊《みそぎ》であり、一時的な死でもあったように思えます。

毛のない生活を、この先再び迎えなければならないとしたら？

私はやっぱり生きたいと思います。

みなさんにもそう感じてほしくて、コツコツ書いてきたのかもしれません。

お読みくださったみなさま、ミシマ社のみなさま、ありがとうございました。

山口ミルコ

＊本書は、「平日開店ミシマガジン」に連載中の「ミルコの六本木日記」（第1回〜第30回、二〇〇九年七月〜二〇一二年一月）に、日記を加えて再構成したものです。

写真提供
カバー　ナカダシロウ
本文（161頁）鈴木真貴

山口ミルコ《やまぐち・みるこ》

1965年東京都生まれ。角川書店雑誌編集部をへて94年2月、幻冬舎へ。プロデューサー、編集者として、文芸から芸能まで幅広いジャンルの書籍を担当し数々のベストセラーを世に送る。2009年3月に幻冬舎退社後はフリーランス。クラリネットとサックスを吹き、ジャズ・吹奏楽関連の執筆や演奏活動もしている。ミシマ社のウェブ雑誌「平日開店ミシマガジン」に「ミルコの六本木日記」を連載中。

毛のない生活

二〇一二年二月十九日　初版第一刷発行

著者　山口ミルコ
発行者　三島邦弘
発行所　株式会社ミシマ社
郵便番号一五二-〇〇三五　東京都目黒区自由が丘二-六-一三
電話〇三(三七二四)五六一六　FAX〇三(三七二四)五六一八
e-mail hatena@mishimasha.com
URL http://www.mishimasha.com/
振替〇〇一六〇-一-三七二九七六
ブックデザイン　鈴木成一デザイン室
印刷・製本　株式会社シナノ
組版　有限会社エヴリ・シンク

ISBN: 978-4-903908-33-5

―――――― 好評既刊 ――――――

街場の教育論

内田 樹

「学び」の扉を開く合言葉。それは……?

教育には親も文科省もメディアも要らない!?
教師は首尾一貫してはいけない!? 日本を救う、魂の11講義。

ISBN978-4-903908-10-6 1600円

増補版 街場の中国論

内田 樹

尖閣問題も反日デモも…おお、そういうことか。

「日本は中国から見れば化外の民」「中華思想はナショナリズムではない」…『街場の中国論』(2007年刊)に、新たな3章が加わった決定版!

ISBN978-4-903908-25-0 1600円

<貧乏>のススメ

齋藤 孝

今こそ手にしたい、一生の財産

「体験の石油化をはかる」「貧しても鈍しない」……
著者が貧乏時代に培った、「貧乏を力に変える技術」を初公開!

ISBN978-4-903908-14-4 1500円

いま、地方で生きるということ

西村佳哲

「どこで働く?」「どこで生きる?」

「働き・生きること」を考察してきた著者が、「場所」から「生きること」を考えた旅の記録。働き方研究家の新境地。

ISBN978-4-903908-28-1 1700円

(価格税別)

好評既刊

小商いのすすめ 「経済成長」から「縮小均衡」の時代へ

平川克美

「日本よ、今年こそ大人になろう」

大震災、「移行期的混乱」以降の個人・社会のあり方とは？
政治家も経済学者も口にしない、「国民経済」復興論。

ISBN978-4-903908-32-8　1600円

ボクは坊さん。

白川密成

24歳、突然、住職に！

仏教は「坊さん」だけが独占するには、あまりにもったいない！
大師の言葉とともに贈る、ポップソングみたいな坊さん生活。

ISBN978-4-903908-16-8　1600円

遊牧夫婦

近藤雄生

無職、結婚、そのまま海外！

旅が暮らしになる時代の新しい夫婦の形を記した、
異色の脱力系ノンフィクション。

ISBN978-4-903908-20-5　1600円

中国でお尻を手術。遊牧夫婦、アジアを行く

近藤雄生

年収30万の三十路ライター、人生に迷う。

初の新婚生活、先生との日中大議論、寝ゲリ、吃音コンプレックス……。現地で学び・生活する遊牧夫婦の新しい「暮らし方」。

ISBN978-4-903908-30-4　1600円

（価格税別）